親愛的鼠迷朋友，
歡迎來到老鼠世界！

謝利連摩·史提頓

Geronimo Stilton

《鼠民公報》
辦公室

賴皮
（謝利連摩的表弟）

班哲文
（謝利連摩的姪兒）

謝利連摩·史提頓

菲
(謝利連摩的妹妹)

老鼠記者 103

絕密美味秘方
OPERAZIONE PANETTONE

作　　者：Geronimo Stilton　謝利連摩·史提頓
譯　　者：陸辛耘
責任編輯：胡頌茵
中文版封面設計：黃觀山
中文版美術設計：羅益珠
出　　版：新雅文化事業有限公司
　　　　　香港英皇道499號北角工業大廈18樓
　　　　　電話：(852) 2138 7998
　　　　　傳真：(852) 2597 4003
　　　　　網址：http://www.sunya.com.hk
　　　　　電郵：marketing@sunya.com.hk
發　　行：香港聯合書刊物流有限公司
　　　　　香港荃灣德士古道220-248號荃灣工業中心16樓
　　　　　電話：(852) 2150 2100　傳真：(852) 2407 3062
　　　　　電郵：info@suplogistics.com.hk
印　　刷：C & C Offset Printing Co., Ltd
　　　　　香港新界大埔汀麗路36號
版　　次：二〇二二年八月初版

http://www.geronimostilton.com
Based on an original idea by Elisabetta Dami.
Art Director: Iacopo Bruno
Cover by Roberto Ronchi, Andrea Cavallini
Graphic Designer: Andrea Cavallini / theWorldofDOT (Adapted by Sun Ya Publications (HK) Ltd.)
Illustrations of initial and end auxiliary pages: Roberto Ronchi, Ennio Bufi MAD5, Studio Parlapà and Andrea Cavallini |
Map: Andrea Da Rold and Andrea Cavallini
Story illustrations: Danilo Loizedda, Valeria Cairoli, Daria Cerchi and Serena Gianoli
Artistic Coordination: Roberta Bianchi
Artistic Assistance: Lara Martinelli and Andrea Alba Benelle
Graphics: Michela Battaglin

老鼠記者 Geronimo Stilton

絕密 美味秘方

謝利連摩·史提頓
Geronimo Stilton

新雅文化事業有限公司
www.sunya.com.hk

目錄

塔書 · 博學鼠

米蘭歷史學教授，菲的好朋友。
熱愛閱讀古書，喜歡電單車。

馬克斯 · 坦克鼠

謝利連摩的爺爺，
《鼠民公報》創辦人。

史奎克 · 愛管閒事鼠

謝利連摩的好友，是一名私家偵
探，他愛管閒事，最喜歡捉弄謝
利連摩。

菲 · 史提頓

謝利連摩的妹妹，
《鼠民公報》的特約記者。

呼嚕呼嚕⋯⋯咕吱吱？

這是一個安靜的春日**清晨**。我正在自己家裏，在暖烘烘的被窩裏，**安穩**地打着**呼嚕**⋯⋯

*呼嚕*呼嚕⋯⋯

沒錯，當時我睡得非常香甜呢！可是，**突然**有誰往我的窗户扔起了石子，一顆接着一顆：

滴嗒！　滴嗒！　**滴嗒！**　滴嗒！
滴嗒！　滴嗒！　滴嗒！　嗒嗒！　**嗒嗒嗒！**
滴嗒！　滴嗒！滴嗒！滴嗒！滴嗒！

　　我看了看時間：才清晨五點啊！

　　於是，我翻了個身，喃喃説道：「煩死啦……**人家還沒睡醒呢！**」

　　接着，有誰又按響了門鈴。

叮噹！　叮噹！　叮噹叮噹！　叮噹叮噹

煩死啦……
人家還沒睡醒呢！

到底是誰啊?

我不禁把腦袋埋進枕頭裏，**發起了牢騷**：
「一大早擾人清夢，到底是誰啊……」

但對方就是不肯罷休，居然還敲起了門……

咚咚！咚咚咚咚！咚咚咚！

與此同時，我的電話居然也響了起來！還有，就連短信和電子郵件也是一條接一條，一封接一封！

叮鈴鈴叮鈴鈴叮鈴鈴鈴！

到底有完沒完啊啊啊！

叮！ 叮！ 叮！

嗖！ 嗖！ 嗖嗖！

我翻滾着下了牀,不禁大喊:「我以一千塊莫澤雷勒乳酪的名義發誓……到底有完沒完啊啊啊!我要睡覺!」

只聽有老鼠大喊:

「謝利連摩摩摩摩摩摩!」

我拚命想,那究竟是誰的聲音呀,但根本想不出嘛,因為那明明就是很多**不同的**聲音,男的女的都有……不過……我又仔細聽了一下……好像**認出來了**……

咕吱吱吱吱吱吱!

我一下衝出了屋子。出現在我眼前的這一幕,真是太**不可思議**了:

在我家門口,居然有一輛現代感十足的**超級露營車**……

各位親愛的**鼠民**朋友，也許你們會覺得我在撒謊。可是不騙你們，那輛露營車……

 就像一節火車車廂那麼長……

就像一輛大卡車那麼寬……

就像一幢三層樓的房子那麼高……

總之，那輛乳酪色的超級露營車，真的 **巨大無比！**

只見我的**親朋好友**全都從車窗探出了頭向我揮手。難怪剛才我聽見那麼多把聲音呢！

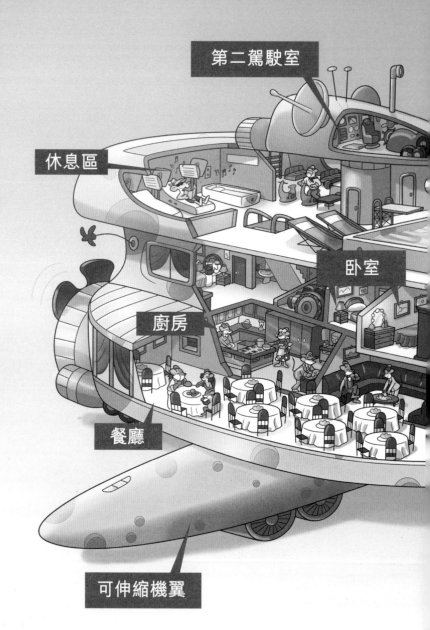

第二駕駛室

休息區

臥室

廚房

餐廳

可伸縮機翼

奧林匹克標準
溫水泳池

駕駛室

桑拿房

抓壞蛋
專用鉗

閱覽室

馬克斯爺爺
專屬導航座

超級露營車

　　這可不是一輛普通的露營車！之所以叫「超級露營車」，是因為它有一千種不同的功能！它既可以像汽車一樣在公路上行駛，也能像飛機一樣在天上翱翔，還能像船隻一樣在水中航行！

可是……可是……可是……
咕吱吱！

　　我大步跑向超級露營車，可剛一湊近，一扇車窗就突然開了：**嚓！**

　　……只見從裏面伸出一個大鉗子：**哐！**

　　……一把勾住我的睡衣：**咔！**

　　……還扯下了三粒鈕扣：**擦！**

　　我一邊掙扎，一邊尖叫：

「咕吱吱咕咕咕咕咕咕咕！」

　　這時，馬克斯爺爺拿起了喇叭，吼道：「孫兒，還**磨蹭**什麼？我們得立刻出發！」

　　我不禁結巴起來：「什麼什麼什麼？出發？可是……我還穿着**睡衣**呢……怎麼出發嘛！」

可是……可是……  可是……咕吱吱！

　　我的妹妹菲大喊道：「別找藉口，我給你帶了一套西裝，剩下的你自己去**米蘭**買就行！」

　　我一頭霧水：「啊？**米蘭？**這跟**米蘭**有什麼關係？為什麼要去**米蘭**？」

　　我的表弟**賴皮**在一旁說道：「現在你們相信了吧？我早就說了，他一定會耍花招，一定會**裝傻充愣**，一定會給我們出難題！**總之，他就是不想去米蘭！**」

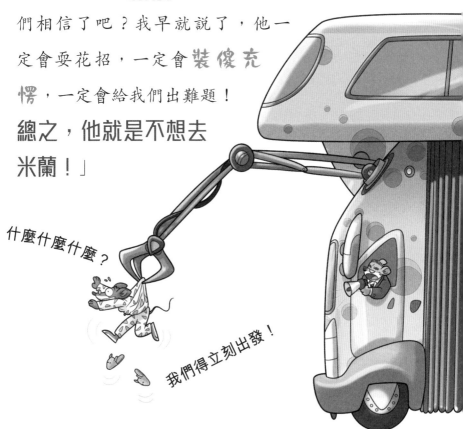

什麼什麼什麼？

我們得立刻出發！

史奎克・愛管閒事鼠一邊啃着香蕉，一邊吱吱叫道：「小謝利連摩，別耍小性子！快，我們一起去**米蘭**小遊一番！」

艾拿也喊道：「你這個斯加摩蘇乳酪，別磨磨蹭蹭的，**米蘭**正向我們招手！」

博法里奧則說：「史提頓，別推卸責任，趕快去**米蘭**，不許任性！」

我無奈地回應：「那至少你們也得告訴我，為什麼要和你們一起去**米蘭**嘛！」

賴皮不禁尖叫起來：「這個交給我來！現在得先把他吊上車！不然可別指望他會和我們一起出發……我用葛更左拉乳酪向你們保證！」

他話音剛落，就有一個鐵絲網將我團團圍住，還有一個**鈎子**勾住了我的

為什麼要去米蘭？

可是……可是…… 可是……咕吱吱！

尾巴，「嗖」地一下把我拽進了**超級露營車**。

　　我以一千塊莫澤雷勒乳酪的名義發誓，現在我已經在前往**米蘭**的路上了……但這一切究竟是怎麼回事呢！

　　所有家鼠都向我湧來，深情地**抱住**我。

　　除此之外，還有我親愛的朋友們。在我看來，他們就和**家鼠**一樣，因為

❤ **我們相親相愛！** ❤

歲！　太好啦！　我們一起去！　一定會玩得很開心！　太棒啦！　怎麼能少了你呢！　萬歲！

可是……可是…… 可是……咕吱吱！

我也一把**抱住**他們，說道：「咕吱吱……這……嗯……謝謝你們邀請我，我是説，謝謝你們把我**拽**了進來，啊不，我是説，把我勾了進來，總之……雖然我還有許多別的事要忙……但我願意和你們一起去**米蘭**！」

「因為，我實在太愛你們啦！」

謝利連摩，你立過遺囑了嗎？

爺爺把駕駛室交給了菲。只聽她響亮地喊道：

「請各位繫好安全帶！我們馬上出發！」

我剛繫上安全帶，超級露營車的引擎就發出了震耳欲聾的**轟鳴聲**：

菲吱吱叫道：

「向米蘭進發！」

她話音剛落，兩個碩大的機翼就分別從機身**兩邊**伸展開來。**超級露營車**起飛啦……真的就像一架飛機一樣呢！

它越升**越高**，妙鼠城也在我們**下方**變得越來越小。

我不禁**焦慮**起來：「呃……博法里奧教授……超

你是在暗示什麼？

級露營車這麼飛……呃，真的**安全**嗎？」

博法里奧教授的臉色瞬間陰沉了下來：「史提頓，你是在暗示什麼？難道你是說超級露營車

不可靠？ **不安全？** **有問題？**」

這時，賴皮一把抓住我的胳膊，喊道：「啊啊啊，謝利連摩，快看，機翼都**晃**成這樣了！怎麼辦，會不會掉下去？還有那裏，有顆**螺絲**鬆了！我以一千塊葛更左拉乳酪的名義發誓，

我突然想起，剛才忘了入油……」

隨後，他又一把抓住我的領口，大喊：

「**救命啊啊啊啊啊啊**！我們要往下掉啦啦啦啦啦！謝利連摩，你立過遺囑了嗎？

救命啊！

別忘了把你的那套十八世紀**乳酪**外皮古董留給我啊！」

我也跟着尖叫起來：

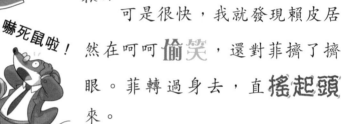

「**救命啊啊啊啊啊啊啊啊啊啊**！

可是很快，我就發現賴皮居然在呵呵**偷笑**，還對菲擠了擠眼。菲轉過身去，直**搖起頭**來。

呵呵呵！

嚇死鼠啦！

「謝利連摩，**我逗你玩的啦……**」

我頓時羞得**滿臉通紅**，賴皮則繼續不停**取笑**我！

我逗你玩的啦！

博法里奧從**眼鏡**上方嚴肅打量起我來：「史提頓，你有沒有做過功課？有多了解米蘭？

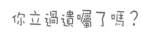

你到底有沒有做過功課？

我問你，它是什麼時候建城的？**面積**有多大？人口多少……」

我支支吾吾：「呃，這個……我沒研究過……我又不知道我們要去米蘭……今天**清晨**，呃……門鈴，呃，超級露營車……」

博法里奧**沒好氣**地說道：「哎呀呀，史提頓啊，你怎麼對**米蘭**一點都不了解呢？簡直是一問三不知！」

他轉身向**班哲文**和潘朵拉提問。他倆對答如流，博法里奧滿意地點了點頭：「很好！一點也不像你們那個**傻瓜**叔叔謝利連摩！我給你們滿分！」

這時，他按下了一個按鈕，隨後，一部關於米蘭歷史的3D立體電影便開始播放了……

名字由來

　　根據傳說，米蘭的意大利名字「Milano」源自意大利文「*IN MEDIO LANAE*」即「長着一半羊毛」，形容刻在一塊古老石頭上的母豬。當然，還有一些其他說法，比如有人認為它源自古老的拉丁語「*MEDIOLANUM*」，即「中間地帶」的意思。

米蘭歷史

　　米蘭曾是羅馬帝國的都城之一。到了中世紀，它成為一座自由城邦，此後進入暴君時代，先後由維斯孔蒂家族和斯福爾扎家族統治。西班牙、奧地利和法國也都曾統治過這座城市。它在意大利復興運動中扮演着重要角色，見證了意大利的統一。

今日米蘭

不僅散落着秘密庭院、古老宮殿、博物館、圖書館，還矗立着設計獨特的摩天大樓……當然還少不了精緻的蛋糕店！

米蘭美食

米蘭的傳統特色美食包括藏紅花燴飯、炸豬排、酸菜燉豬肉、傳統肉丸以及傳奇的潘娜托尼甜麵包！傳統特色美食，應有盡有，數不勝數！

歡迎來到米蘭！

經過好幾小時的飛行，我們終於到達**米蘭**了。

從高處俯瞰，一條長長的運河映入了我們的眼簾。那是納維利運河！還有一條清澈的河流，那是達爾塞納河！這時，菲作出廣播宣布：「**各位注意**，我們很快就要降落！」

超級露營車徐徐下降，停在水面上。

菲按下一個按鈕，露營車的輪子伸了出來。就這樣，我們又再次駛上了路面。

納維利運河

大家試着想像⋯⋯當年用來建造大教堂的大理石，就是裝在大船上、沿着運河進入米蘭的！當時的運河四通八達，形成了一個圓形網路，就連達文西也曾仔細研究過它。數世紀後的今天，部分河道已經變成了公路，供大小汽車通行。

隨後，車身晃動了一下，彷彿一隻**濕透**了的小狗要甩走身上的水：

嘩啦啦啦啦啦！！！

接着又探出了許多

吹風機，吹乾殘留的水分：

呼！呼！呼！

隨之伸出的是幾條機械臂，開始用抹布和車蠟拚命在車身上擦拭起來。

滋滋滋 滋滋滋 滋滋

與此同時，露營車正穿過**車水馬龍**的街道，最終來到了米蘭的市中心。我們越來越興奮。

還在遠處時，我已隱約看見玫瑰色大理石砌起的教堂尖頂，還有一座金色的雕像，在明媚的陽光下閃閃發亮……

那是米蘭大教堂啊！

米蘭大教堂

教堂內外共有3,400座雕像。教堂外部的雕像超過1,800座，其中一部分只能在登上教堂頂部時看見（這裏是少數還能讓遊客登上頂部參觀的大教堂！）。這座教堂是哥德式建築傑作，歷時數世紀才得以完工，其中的雕像至今仍在不斷修復中。最古老的一些雕像收藏在大教堂博物館中，與大教堂的珍寶一起展出。

大教堂內部

　　大教堂內部有一塊古老的石頭，上面記有大教堂開工建造的年份：1386。它由當時統治米蘭的吉安·維斯孔蒂主持奠基。地上由粉色、黑色與紅色的大理石鋪成。彩色玻璃花窗靜靜訴說着宗教故事，52根高高的柱子則將教堂分割成五座宏偉的中殿。

挑戰長樓梯

我們走出**大教堂**。這時，馬克斯爺爺舉起了他的**喇叭**，鏗鏘有力地說道：「史提頓家族和各位朋友！**全體注意！**我是馬克斯爺爺！現在請排成一隊，我們要登上**大教堂**頂部！」

我仍然一頭霧水，問道：「到底有沒有誰可以告訴我，為什麼要來**米蘭？**又為什麼要登上大教堂頂部？」

爺爺卻只回答說：「孫兒！廢話少說，只管登頂！到了那裏，你自然就**知道**了！」

我朝着**電梯**走去，這時我的吝嗇鬼叔叔守財鼠卻一把抓住我的

你該不會是想花錢？！

：「謝利連摩，你想幹什麼？你該不會是要想……花錢？浪費！大手大腳！**坐什麼電梯？**步行上去才更省錢！」

艾拿也大喊：「你這個斯加摩蘇乳酪，還磨蹭什麼？這點梯級根本不算什麼！上！」

上！

好吧好吧。我就這樣**爬啊爬啊爬**……整整爬了201級梯級呢！**都快喘不過氣了**……

呼！呼！

加油啊，你這個斯加摩蘇乳酪！

登上大教堂

在大教堂頂部，可以看到教堂的飾帶、飛拱和人物雕像，而且，還能欣賞到整座城市的全貌！

當我到達教堂的頂部時，卻被眼前的美景震撼得目瞪口呆！

我一邊**俯瞰**着整座城市，一邊問：「現在你們可以告訴我了吧，究竟為什麼要來**米蘭？**」

這時，一把溫柔的聲音從我們身後傳來：「你應該就是史提頓，謝利連摩·史提頓吧？**我這就一五一十地告訴你⋯⋯**」

我轉過身，看見一位彬彬有禮的年輕老鼠，一頭**金髮**，眼睛碧藍，笑容可掬。

菲立刻上前擁抱了他：

「你好啊，塔書！再次見到你，真是太高興了！

他也擁抱了菲，隨後禮貌地向我伸出手：「歡迎來到米蘭。我是**塔書·博學鼠**。我有件珍稀寶物想讓你們先睹為快⋯⋯到了明天再把它

介紹給 **全世界** 的新聞媒體。」

馬克斯爺爺彈了彈我的耳朵：「這一定能成為《**鼠民公報**》的 **獨家新聞**……孫兒，你現在明白我們為什麼要來 **米蘭** 了吧？該不會什麼都要我跟你逐一解釋吧……」

很高興認識你！

歡迎來米蘭！

塔書·博學鼠

　　謙和有禮，學識淵博。塔書·博學鼠年紀輕輕已榮任歷史學教授，專攻米蘭史，這是他最大的興趣。他熱衷閱讀，尤其是古書，家中藏書無數！他也和菲一樣，喜歡電單車，所以他倆很早就成了朋友。

潘娜托尼甜麵包，全場免費！

就這樣，我們跟在**塔書**後面，來到了大教堂一旁的皇宮入口。他**雙眼**閃爍着光芒，激動地對我們説道：「明天上午十點整，將在這裏舉行**米蘭歷史展**的開幕儀式。屆時，世界各地的記者和電視台將齊聚於此！我會向大家展示一份珍貴材料……那是一張古老的**羊皮紙**，記載着潘娜托尼甜麵包的原始配方。想必大家都知道，這是米蘭最具特色的**美食**！屆時所有來賓都可免費品嘗！」

噴噴噴！

賴皮不禁舔了舔鬍鬚，説：「我沒聽錯吧，你是説，免費品嘗？**噴噴噴！**」

米蘭皇宮

在奧地利瑪麗亞·特蕾莎統治時期，建築師皮爾馬里尼對皇宮進行了改建，添加了宏偉氣派的長樓梯、劇院以及許多大廳。至於它的建築風格，當然是新古典主義啦！如今，許多重要的繪畫和雕塑展都在這裏舉行。

塔書微微笑了笑：「各位親愛的朋友，快跟我來。我要先給你們看一件珍貴的寶貝……」

但是，當他剛一進入女像柱廳……臉就刷地一下變得慘白。只聽他大喊：「不好了！羊皮紙**被偷**了！上面可記載着潘娜托尼甜麵包的原始配方！」

「**咕吱吱！！！**」大家異口同聲地驚叫起來。

潘娜托尼甜麵包的由來

在盧多維科·斯福爾扎統治時期，一名宮廷糕點師烤焦了一個大蛋糕。於是，他臨時拿了塊酸麵團，加入糖、雞蛋、麵粉、葡萄乾和蜜餞急忙製作甜點補救。沒想到，這一道即興創作的甜點居然大獲成功。由於發明這一甜點的糕點師叫安東尼奧，又名托尼，這一甜點就被大家稱為「pan de Toni」（托尼的麵包），或「Panettone」。

這種源自意大利米蘭的麵包，又稱「意大利聖誕水果麵包」。它含有糖漬的水果乾，吃起來口感像蛋糕，當地每年十二月便會推出這種麵包，成為了米蘭著名的聖誕節特色甜品。

是誰要陷害
謝利連摩・史提頓？

　　塔書好不容易才終於緩過神來。他一邊**抽泣**，一邊對我們說：「唉，我的珍寶就這麼被偷了！這份**資料**可是獨一無二的。對於我和我心愛的城市來說，它真的是無價之寶！**僅此一份**，不可複製，**歷史悠久**，

快振作起來！　嗚！　加油！　別這樣嘛！

異常珍貴，上面記載着**潘娜托尼甜麵包**最原始的配方和做法！」

菲緊緊抱住了他：「塔書，你別擔心，有我們在！之前有許多比這還要**棘手**的案子，都被我們破解了。這一次，我們也一定能幫你解決問題，相信我們！」

我也安慰他：「沒錯，我們一定不會讓你失望！」

我們是小機靈鬼！

有我們在！

史奎克也尖叫起來：「沒錯！我們是**小機靈鬼**，每次都能解開**小謎團**！這裏的攝影機一定拍下了影片，這樣我們就能找出究竟是哪個**狡猾的小壞蛋**偷走了羊皮紙！」

監控影片拍下的**畫面**剛一播放，我們一個個全都吃驚得瞪大了雙眼……*尤其是我！*

47

沒錯，各位親愛的**鼠民**朋友……看着眼前的畫面，我不禁目瞪口呆！

只見那隻老鼠和我一樣高，**皮毛**的顏色和我毫無差別，脫去藍色的工作服，他的**綠西裝**和紅領帶也和我的一模一樣！他的鼻子上還架着一副**圓圓的**眼鏡……總之，那隻老鼠和我就像是一個模子裏刻出來的一樣！

呃……**奇怪！**他的身手相當敏捷……騰地一下就越過了**圍欄**，簡直像貓一樣矯健！

到底是誰要陷害我？

史奎克不禁**尖叫**說：「嘩啊！到底是誰想**陷害**謝利連摩‧史提頓！究竟是誰？怎麼做到的？最重要的是……**為什麼呀？**」

這時，班哲文和潘朵拉拉了拉我的袖子：

「啫喱叔叔，我們在看監控**錄影片**的時候，注意到一件事……在離開現場之前，小偷似乎把**什麼東西**扔進了垃圾箱！」

我一頭霧水：

「呃……什麼什麼什麼？」

於是，他們將我拽到了大熒幕前，把**細節**指給我看。居然誰也沒注意到！！！

在行竊之後，小偷把他的藍色**工作服**扔進了垃圾箱！！！

史奎克大喊：「做得好，**孩子們**！你們觀察得很**仔細**，比我還**機靈**！！！」

隨後，他便跑到垃圾箱前，翻找起來：

「我以一千根小香蕉的名義發誓，

這就是那個**搗猾蛋小偷**的**工作服**！」

　　史奎克掏出衣服，發現其中一個口袋裏有

張**摺起的**紙條，應該是**小偷**落下的⋯⋯

　　他偷笑起來：「看來這**小偷**還有點**小**

粗心呢！真是個**小蠢蛋**⋯⋯

我們得仔細研究研究這張紙條！」

這張紙條是
怎麼回事？

這就是小偷的
工作服！

原來那是米蘭**地圖**，上面有一些紅色的交叉符號。在每一個 ✗ 旁，都標有神秘的數字……10,00；10,10；10,20……

　　我試圖解讀它，但是越想腦袋就越暈。這些數字究竟是什麼意思呢？

是米蘭地圖！

布雷拉畫廊

X 10:00

X 10,30

斯卡拉大劇院

努埃萊
士長廊

米蘭大教堂

10,00

登頂拍照留念！

X 10,20

米蘭皇宮

X 10,10

首要目標！

米蘭地圖

追捕小偷

我**指着**地圖上的紅色數字：「我明白了！這些神秘**數字**其實是……**時間**！也許這個小偷在米蘭城裏的不同地點和誰約好了見面？」

史奎克吱吱叫道：「**小謝利連摩**，你可真是個**小機靈鬼**，還有點**小狡猾**呢！那我們趕緊出發去抓**小偷**……照地圖看，下一個**地點**應該就在這附近！是埃馬努埃萊二世長廊！」

艾拿不禁大喊：「但……只剩下不到五分鐘的時間了！！！我們得趕快！

咕吱吱吱吱吱吱！」

我正要往外**跑**，菲卻突然抓住了我的尾巴。

「等等！你這是要去哪裏？萬一有誰再想陷害你呢？你啊，最好還是**喬裝打扮**一下，別讓大家認出來才好！聽我的，一定沒錯……」

說完，她便脫下自己的外套，替我穿上。

嗯……雖然這件外套是小了點，不過總比不穿的好！

灰毛鼠姑丈又給我戴上了一頂**水手帽**，麗萍姑媽則用一條**紫色的**圍巾遮住了我的臉。班哲文借了我一條長褲，可是穿在我身上，瞬間變成了一條**七分褲**！最後，柏蒂·活力鼠又為我戴上了她那副桃紅色的**太陽眼鏡**！

我會不會被認出來呀？

57

這下應該沒有誰再能認出我了……可我看起來，就像一個**大笨蛋**嘛！

就這樣，我們衝出了皇宮。

塔書大喊：「大家跟我來，應該還來得及！」

隨後，他快步**衝向**大教堂廣場另一側的氣派拱廊──沒錯，那正是埃馬努埃萊二世長廊。

我們一路狂奔，
來到長廊中央。
我看見……

看見前面有隻老鼠，和我一模一樣，正被一羣讀者和支持者圍在中間，正在一本一本書上簽名。

埃馬努埃萊二世長廊

　　它被稱為「米蘭的大客廳」，坐落着眾多知名商店與咖啡館，吸引了無數遊客。這是一幢玻璃與鋼鐵結構的建築，於1867年正式營業。長廊中央的八角形馬賽克地磚鑲嵌着意大利各大城市的城徽。圓頂下方有四幅半圓形壁畫，分別以歐洲、亞洲、非洲和美洲四洲為主題。

只聽他高聲說道：「沒錯，謝利連摩·史提頓的所有**著作**都是我寫的……啊，我是說，我就是謝利連摩·史提頓……對，沒錯！」

與此同時，他還不停對身邊的女士行吻爪禮，表現出一副**紳士**的樣子。

突然，一隻女鼠尖叫道：「這……史提頓先生，你做了什麼？剛才吻我爪子時，你居然順

勢拿走了我的紅寶石戒指！」

　　只見他露出陰險的笑容：呵呵 呵呵 呵呵！

　　接着，他便飛也似地離開了現場，在鼠羣中穿梭。大家都想抓住他，他卻十分敏捷，還喊着：「喵喵喵，啊不，我是説⋯⋯再見！」

　　我十分吃驚：「嗯？這也太奇怪了！」

　　咕吱吱！只是一溜煙的功夫，小偷已經不見了！

喵喵喵！

你要是喜歡潘娜托尼甜麵包，那我給你！

史奎克立刻拿出地圖：下一個**地點**是斯卡拉大劇院，10時30分！

菲從頭到腳仔細**打量**了我一番，說道：

「在去下一個地點之前，我們還得再把你好好**打扮**一下，要再買些東西……」

各位親愛的鼠民朋友，你們應該已經發現，我的守財鼠叔叔已經夠**小氣**了，誰知他兒子荷包鼠更是有過之而無不及！只聽他立刻反對：「買東西？你是說……**要花錢？啊呀呀！**我的耳朵都聽見了什麼？難受死我啦！不行不行，這絕對免談！」

只見他從一個垃圾桶裏掏出前一天的報紙，挖了兩個洞，然後朝我腦袋扔了過來。

　　他得意地說道：「你們看！要為謝利連摩喬裝打扮，一張舊報紙不就夠了……看這兩個洞，不是正好嗎？他看見的東西越少，就越好！」

　　大家驚呼：「啊！不會吧！荷包鼠，這那像樣……」

報紙合適極了！

你要做什麼？

你們看！

唉喲！

65

我再也受不了啦！

「求求你們了！好歹我還在**妙鼠城**裏經營着一家報社，能不能讓我稍微體面一些？我可是知識分子啊，有自己的尊嚴……」

史奎克用手爪拍了拍我的肩膀，尖叫道：「**小謝利連摩**，有我這樣的**好朋友**，真是算你走運……無論你遇到什麼**小問題**，我都有**小辦法**為你解決！」

史奎克是一名私家偵探，最擅長喬裝打扮。他的黃色超級風衣有很多個口袋。一番尋找後，他掏出了**一樣東西**……

「快看快看，**小史提頓**，猜猜我找到了什麼……説出來恐怕你也不信：我有一套為你量身打造的**小服裝**……」

我不禁喜出望外：「快讓我看看！」

他朝我**眨了眨眼**，開始用自行車車輪氣泵往裏面**打氣⋯⋯**

我一頭霧水：「這⋯⋯這是做什麼呀？」

片刻之後，我終於明白過來：原來那是一個可折疊的**巨型**潘娜托尼甜麵包，上面的蜜餞和葡萄乾都是假的，就連香草的氣味（*聞着真想吐！*）也是假的，而且居然還有一條滑稽的蕾絲花邊（*看起來就像一條迷你裙*）！

史奎克一臉得意地說：「嘿嘿，這就是**潘娜托尼甜麵包**特別服裝，小史提頓，你喜不喜歡？它很適合米蘭這個主題，也很適合這件謎案⋯⋯最重要的是，穿上這身衣服，**誰也不會**⋯⋯沒錯，**誰也不會**⋯⋯我說的，**誰也不會**認出你來！」

我不禁抗議說：「你要是喜歡潘娜托尼甜麵包，那我給你⋯⋯我需要的是一件正經**衣服**，因為我可是一隻正經老鼠！為什麼你們就是不明白嘛！**我才不要穿！**」

班哲文在一旁提醒道：「啫喱叔叔，要是你不立刻穿上這件衣服，我們就要**來不及**啦！」

唉！我不禁**歎了口氣**。班哲文說得對⋯⋯

於是，我只好穿上那件滑稽的潘娜托尼甜麵包服裝，和大家朝着斯卡拉大劇院走去。一路上，我不停向史奎克發着牢騷。

梵提娜和芳多兒則異口同聲**吱吱叫道**：「這裏有家古典舞蹈學院，世界聞名呢！啊，我們也要去學！」

要是讓我抓住你⋯⋯

別這樣嘛！

斯卡拉大劇院

　　這是全世界最有名的
三大歌劇院之一。它於
1778年正式啟用，至今
已有超過二百四十多年的歷
史。劇院以新古典主義風格設計，華麗非
凡，門廳金碧輝煌。在劇院內，從舞台到座
椅都用上深紅色絲絨、帶有金色刺繡幕。牆
上配置的鍍金雕花裝飾，天花上細緻的雕刻
裝飾，及巨型吊燈更是富麗堂皇。這裏上演
的都是世界一流的歌劇、芭蕾舞和管弦樂團
表演等等。世界上最著名的指揮、演奏家、
導演、布景師都曾在這裏留下過足跡。

大家快看這枝水晶笛子啊！
這是我史提頓偷來的！

　　說着，她倆就開始翩翩起舞。

她們跳得很好，引來一片掌聲：

「太好了 ！
再跳一曲 ！」

　　就在這時，從劇院的窗戶裏

突然探出一個熟悉的身影，高聲喊

道：「嘿！大家快看這枝

珍貴的水晶笛子啊！這是

我史提頓偷來的！謝利連

摩·史提頓！」

　　話音剛落，他便

騰地一跳，竄上了

屋頂，*逃之夭夭！*

　　只聽大家議論紛

紛：「**原來史提頓**

是個小偷！真是丟臉！」

　　沒錯，真是太丟臉了啦……我的臉刷地一下漲得**通紅**。有史以來，我第一次覺得：幸好自己偽裝成了一塊**大麵包**呢……

　　我冷靜下來，突然覺得：那個傢伙怎麼會**這樣**靈活，不，應該說**太過**靈活，根本不像一隻老鼠……

真是太奇怪了！

太好了！　快看！　小偷！　是史提頓！

一罐壓扁的吞拿魚罐頭，還有……

塔書騎上一輛紅色黃蜂牌電單車，一邊大喊，一邊飛馳而去：「地圖上標示的下一個地點是**布雷拉畫廊**，時間是10時50分！朋友們，快跟上！」

最後，他停在了一幢古老的建築前，對大家說道：「這就是布雷拉畫廊，各位會欣賞到許多世

布雷拉畫廊

快！

界聞名的傑出 **畫作！**」

我們穿過各個展廳……啊，真是大開眼界呀！

可是，我們找了很久，**小偷** 卻完全不見蹤影！不過，我們在一個角落裏發現了一個壓扁的吞拿魚 **罐頭**……難道是他留下的？

真是太奇怪了！

塔書思索了許久，然後咕噥道：

「難道小偷已經離開了？」

我 **喃喃** 説道：「嗯……太奇怪了。地圖上明明寫着10時50分……」

到了！ 畫廊！ 快！ 別讓他跑了！

布雷拉畫廊

布雷拉畫廊建立於1809年，後來在拿破崙的打造下，豐富了畫廊的藏品。主要收藏14世紀末至16世紀初文藝復興時期威尼斯畫派及倫巴第畫派的畫作，是收藏意大利繪畫最重要的地點之一。

在此展出的畫作均出自意大利名家之手，比如曼特尼亞、拉斐爾和皮耶羅·德拉·弗朗切斯卡。

好臭的香草味！

我問**史奎克**借了那枚他總是隨身攜帶的放大鏡，然後仔細觀察起那幅米蘭**地圖**……啊！原來如此呀！只見畫廊旁邊標注的時間上，有一滴**咖啡漬**！所以字跡模糊不清，我們也都看錯了！

正確的時間應該是10時40分，而不是10時50分！！

我不禁大喊：「我以一千塊莫澤雷勒乳酪的名義發誓，我們**來晚啦**！

現在只能去下一個地點：**斯福爾扎城堡**！必須在13時30分前趕到！」

艾拿立刻回應：「那還等什麼？這次我們一定要趕在**小偷**之前到達！趕快動身！」

塔書對米蘭瞭如指掌，**帶領**我們穿過市中心的大街小巷，只是十分鐘的時間，我們就已經**到達**了斯福爾扎城堡！

太神奇了！

就在入口處正上方，一幢古老的塔樓高聳入雲……那是**菲拉雷特塔樓**！

我們尋遍了整座**城堡**，每一個角落都不放

過，但幾個小時過去了，依然不見小偷的任何蹤影！

這時，史奎克**提議道**：「不如去城堡裏的埃及博物館轉轉！聽説那裏有**一堆的小珍寶**！」

賴皮又説：「還有好幾尊**木乃伊**呢……表哥，你是不是心動了？」

這是冒牌
謝利連摩！

斯福爾扎城堡

城堡最初由米蘭領主維斯孔蒂家族興建，後來在斯福爾扎家族統治時期擴建，招待過文藝復興時期許多偉大的藝術家。此後，西班牙、奧地利和法國都曾統治過米蘭，這裏也成為了軍營。大約一百年前，盧卡貝爾特拉米對它進行了重建。今天，這座城堡已經成為圖書館和博物館，向公眾開放。

這是真的謝利連摩，也就是我啦！

我可一點兒也不心動……

各位親愛的鼠民朋友，悄悄告訴你們……其實，我很**害怕**木乃伊呢！

我們剛走進博物館，就聽見保安**焦急地呼喊**：「那個狡猾的傢伙偷走了貝斯特女神像！」

「那隻**老鼠**好眼熟……」

「可惡的**小偷**！」

嘩啊啊啊！　雕像被偷了！　嗯……　奇怪！　唉喲！

「他説自己叫什麼來着？」

「啊，沒錯……**好像是叫史提頓，謝利連摩・史提頓……**」

「要是讓我逮住他……」

我趕緊把自己藏得**嚴嚴實實**，連一根鬍鬚都不敢露出來……與此同時，我不禁想：「嗯……**這太奇怪了。為什麼他要偷走貝斯特女神像呢？**」

貝斯特女神像

　　她是古埃及的貓神，是太陽神——拉的女兒。她為大地帶來溫暖，但同時也代表了月亮的神秘。古埃及人非常愛貓，認為貓能保護他們的糧倉，避免老鼠偷吃糧食。他們將寺廟、詩歌和雕像都獻給貓，甚至還把牠們埋在特殊的墓地裏，像法老一樣進行防腐處理。

三層葛更左拉乳酪冰淇淋

我們立刻衝出博物館，想要**追上**小偷，但是他早已不見了蹤影！

於是，我們只好再趕去地圖上的下一個地點：**聖瑪利亞感恩教堂**。一旁顯示的時間是16時30分。那裏有達文西的著名畫作：《最後的晚餐》……

我的情緒低落到了極點。

都怪那個狡猾蛋，讓我**名譽掃地！**

雪上加霜的是，此刻的我早已飢腸轆轆！

清晨出門的時候，我連**早餐**都還沒吃呢！現在為了抓小偷，午飯也沒有吃！

幸好，麗萍姑媽給了我一個三層葛更左拉乳酪冰淇淋，上面插了一塊鬆脆餅乾，淋了一些**焦糖**和奶油，灑了杏仁碎，還有一顆**小櫻桃**點綴。

　　「親愛的姪兒，吃完這個**冰淇淋**，你一定會精神百倍！」

　　我衝她微笑：「謝謝姑媽！你總是對我這麼好！」

　　大家全都進入大廳**欣賞**《最後的晚餐》，只有我一個待在外面。畢竟，怎麼能拿着冰淇淋進博物館呢！

　　我**急急忙忙**吃完冰淇淋，迫不及待想要欣賞那幅著名畫作。要知道，達文西是我的偶像呢！

《最後的晚餐》

　　這是聖瑪利亞感恩教堂餐廳內的一幅巨大壁畫。由於達文西在繪畫此畫時，採用了一種不同的壁畫技法，引致這一傑作的細節和色彩隨着時間流逝而出現嚴重剝落。經過漫長的修復，今天，它成了全世界最激動人心的作品之一。

嘩啊！

太奇妙了！

這時，我感到有誰拍了拍我的肩膀：「請問，你是史提頓嗎？」

　　我轉過身，**喃喃**說道：「沒錯，我就是史提頓，謝利連摩·史提……」

我根本來不及說完，因為出現在我面前的……居然就是我自己！

　　是我，啊不，是他，是那個小偷！

　　他一把奪過我手裏的冰淇淋，一臉壞笑：「謝了，大笨蛋！」

　　說完他便揚長而去，一邊**嘲笑**我，一邊在身後留下冰淇淋漬。

　　在他奔跑的時候，從口袋裏掉出了一根魚骨頭……

真是太奇怪了！

葛更左拉乳酪冰淇淋漬！

大家沿着**葛更左拉**冰淇淋的漬，一路來到了一扇大門前，只見門上寫着：

> # 里安納度·達文西
> —·—
> # 科技博物館

我們個個踮起**腳尖**，生怕發出聲響……

好啊！這下終於讓我們逮住了那個**疫猾蛋**。

他正舔着**我的**冰淇淋……而且居然是在博

他在那兒！

物館裏面！

是他，就是他，
他他他！

賴皮驚得連話也說不清了：「要是你沒在我身邊，謝利連摩，我看見**他**，一定會覺得**他**就是**你**，啊不，**你**就是**他**，啊不……」

菲插話說：「是是是，我們都明白你的意思。不過現在，我們得馬上**抓住他！**」

噴噴噴！

里安納度·達文西
科技博物館

在一座古老的修道院裏，坐落着一個科技博物館，以達文西命名。達文西除了繪畫，還精於研究自然和工程技術。這裏收藏着許多模型，靈感都來自於他的設計手稿，比如著名的直升機（空中螺旋機），此外還有許多其他的科研成果。

話音剛落,菲就騰地衝了出去,直奔小偷而去:「舉起爪來!」

只聽對方尖叫:「喵!啊不,咕吱吱!」

他翻了個跟頭,試圖逃跑,卻滑倒在地上的葛更左拉乳酪冰淇淋漬上,撞在了一個機器模型上!最後,他的尾巴還纏進了一排齒輪裏!

救……

小偷滑倒在冰淇淋漬上……

然後一頭撞上了一個模型上……

啊呀呀!

馬克斯爺爺怒吼道：「**老實交代**，你到底是誰，為什麼要陷害我的孫兒謝利連摩·史提頓?!」

小偷注視了我們片刻，然後垂下眼睛，彷彿是在 判斷 形勢，思索下一步的對策。隨後……

你倆兩個……
究竟誰是謝利連摩·史提頓？

小偷一把抓住我手臂，將我從潘娜托尼甜麵包**服裝**裏拽了出來！接着，他又抓住我的尾巴，讓我不停**轉圈**，直到我倆捲成一團……

呼呼呼了
呼呼呼呼呼呼呼呼了
呼呼呼呼呼了

與此同時，他還**哼起了歌**嘲笑我，聲音居然和我一模一樣（他的聲音像**鈴鐘**一樣走調，簡直和我一模一樣）……

「歐耶歐耶歐耶歐耶……
之前你是你我是我
現在誰也不能分清
謝利連摩‧史提頓
究竟是誰是誰是誰？？？」

最後，他終於鬆開我的尾巴。我倆**面對面**，雙眼都瞪着對方……

我居然聞到一股魚的味道……

真是太奇怪了！！！！

你是誰？

你又是誰？！

我很清楚，**我**是**我**，**他**是**他**，但是我的朋友們卻完全弄不清狀況，齊聲大喊：「**全都亂套啦！亂套啦！你們兩個……究竟誰才是真正的謝利連摩‧史提頓？**」

我不禁急叫：「**我我我！我才是真正的謝利連摩‧史提頓！他是冒牌貨！**」

只見那個厚臉皮的傢伙也喊道：「**別聽他亂說！各位親愛的朋友，他是個大騙子！我才是真正的謝利連摩‧史提頓！**」

接着，他轉向我，扯了扯我的鬍鬚：

「你是有多厚顏無恥，竟敢冒充我！」

大家開始圍着我們**轉起圈**來，咕噥道：「嗯，那傢伙比謝利連摩更**瘦**……還是更**胖**？不不不，很顯然，真正的謝利連摩**鬍鬚**更長……

還是説，耳朵更大？還是~~毛色~~顏色更深……啊呀呀，根本分不清啊！到底哪個才是真的呀？」

　　我繼續絕望地喊道：「朋友們，你們怎麼會連我都認不出來？**真正的謝利連摩是我啊！**始終都是我。我才是你們親愛的老鼠朋友！**咕吱吱！**」

　　那傢伙卻在鬍鬚下露出狡點的笑容，然後用手爪拍了拍我肩膀：「嘿，你這小老鼠，既然**連親朋好友都分不清誰才是真正的謝利連摩**，那不如來一場比賽，一場測試，一場考驗，一場**對**

決，不過要是你輸了，就沒有第二次機會了，
呵 呵 呵 !」

於是，他像機關槍一樣拋出了問題：「你爺
爺的生日**確切**是在哪天？你堂弟荷包鼠的郵編
確切是多少號？你姪女梵提娜做扁桃腺手術的
確切年紀是多少？」

之後的問題更難：「謝利連摩‧史提頓家的
樓梯**確切**的級數是多少？謝利連摩‧史提頓上
一次看牙醫的**確切**時間是何時？上個月電費的
金額**確切**是多少？」

再仔細看看……

簡直一模一樣！

呃……

這怎麼可能呢？！

一下子那麼多問題，我手忙腳亂，支支吾吾：「呃，我不太記得了……這個……差不多是……讓我想想……哎呀，答案就在**嘴邊**……怎麼就……想不起來呢！」

而他卻狡猾得很，**確切**了解我個人生活的一切細節，從頭到尾，什麼都知道！

誰知道他究竟是從什麼時候開始計劃這一切的呢！

在問完**一連串**的問題之後，他得意地說道：「**大家都看到了，真正的史提頓是我，不是他！**他就是個冒牌貨！聽我的一定沒錯！」

只聽大家**異口同聲**地說道：「這麼看來，你

我……

一問三不知！

確實了解謝利連摩的**一切**，至於這個傢伙，簡直**一問三不知**……」

只有我的姪兒**班哲文**待在一旁，一言不發。他看看我，又看看那個傢伙，喃喃說道：「嗯……只是……」

我連忙哀求：「**拜託了，班哲文，難道連你也不相信我嗎？**」

那個傢伙卻連忙模仿起我的聲音：「**班哲文，別相信他！我才是你的叔叔，我才是史提頓，謝利連摩‧史提頓！**」

我才是史提頓！　難道連你也不相信我嗎？　嗯……

真是⋯⋯嚇死鼠了！

　　冒牌謝利連摩**走上前去**，想要抱住班哲文，只見他卻朝後退了一步，說道：「嗯⋯⋯如果你真是我叔叔，那就告訴我，今天早上出發前，你外套上掉了幾粒鈕扣？」

　　他支支吾吾：「這個嘛⋯⋯對⋯⋯外套！我怎麼可能忘了呢⋯⋯沒錯⋯⋯今天早上出門的時候⋯⋯**外套上掉了兩粒鈕扣**⋯⋯我怎麼這麼粗心！」

　　只聽班哲文響亮地回應道：

「回答錯誤！
你不是我叔叔！
你不是真正的謝利連摩！

真正的謝利連摩，今天早上根本沒穿外套！他掉了三粒鈕扣······但那是睡衣！」

史奎克吱吱叫道：「班哲文，你真是個小機靈鬼，揭穿了這個厚顏無恥的小騙子、臭小偷、小壞蛋！我要請你做我的小助手！」

說完，他便和我的朋友們一起衝向冒牌謝利連摩，想要抓住他。對方卻騰地一跳，還大嚷道：「喵喵喵喵喵喵！」

喵喵喵喵喵喵！

看你往哪裏逃！

快給我停下！

你這個大騙子！

103

大家紛紛**尖叫**起來：「啊？什麼什麼什麼？我們沒聽錯吧？你說的是『喵』？」

真是……嚇死鼠了……
他居然是一隻貓！

我以一千塊莫澤雷勒乳酪的名義發誓，難怪他的身手這麼**敏捷**！難怪他會落下一罐吞拿魚**罐頭**！難怪他會偷走**貝斯特**女神像！難怪他口袋裏會掉出**魚骨頭**！難怪……他的**胡鬚**散發着魚的臭味！

只聽他陰陰地笑道：「哼，沒錯，臭老鼠們，被你們發現了！我的確是貓，一隻**海盜貓**！喵喵喵！我們的計劃原本天衣無縫，現在都被你們毀了！」

1 首先我們要把謝利連摩·史提頓送進**監獄**！所以我才要陷害你，臭老鼠！

2 沒有了你，《鼠民公報》就會**一敗塗地**！

3 沒有了《鼠民公報》，老鼠們就再也不會獲得有用**資訊**！

4 到了那時，我們**海盜貓**就能輕鬆佔領整座老鼠島！

5 我們將偷走所有老鼠的**珍寶**。更重要的是⋯⋯我們會把你們吃得一乾二淨，一個不剩！

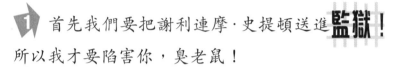

啊哈哈哈哈！喵

快點乖乖投降吧！

聽到他的話，我氣得鬍鬚亂顫！想也不想，我已經衝上前去，鼓起所有勇氣，向他大喊：

「**快點乖乖投降吧！你們**

的詭計已經失敗！快把**潘娜托尼甜麵包**的

食譜，還有你偷走的所有珍寶還給我們！」

　　他卻隨即脫下了老鼠服裝，一溜煙地**逃跑**

了！從他的衣服裏滾落出好多東西：有他從埃馬

努埃萊二世長廊偷走的紅寶石戒指，從斯卡

拉博物館偷走的珍貴笛子，還有⋯⋯寫有潘娜

托尼甜麵包原始配方的古老羊皮紙。

　　我整理好全部贓物，準備物歸原主！接

着，我小心翼翼拿起羊皮紙，將他遞給塔書：

「親愛的朋友，快拿好！」

道地的晚餐

塔書慷慨地**邀請**我們和所有我們在米蘭認識的新朋友去他家享用晚餐：「各位，今晚我要用米蘭特色美食好好招待大家！我會為大家炮製藏紅花燴飯、燉小牛膝，還有**潘娜托尼甜麵包**佐馬斯卡彭蘸醬！」

賴皮忍不住舔了舔鬍鬚。

嘖嘖嘖！ 嘖嘖嘖嘖！
嘖嘖嘖！

塔書的家坐落在米蘭市中心，建築歷史悠久，花園氣派別致。只見塔書拿起那份**古老的**潘娜托尼甜麵包食譜，激動地向我們表達感謝。

「親愛的朋友們，謝謝你們**尋回了**這張食譜，還有全部其他贓物！明天，我將在**皇宮**把這份珍貴的**資料**展示給媒體……」

賴皮想要一睹為快，卻**吱吱叫道**：「這上面寫的是什麼字呀？我怎麼連一塊乳酪**硬殼**都看不懂呢?!」

L'ANTICA RICETTA DEL PANETTONE

Nò tròpp sech e nò tròpp pass, tròpp cremos ò de tròpp succ, nò tròpp dolz e nò tròpp grass, te se 'l dolz che pias a tucc. Tant el pòver come el scior, dappertutt, te fan onor.
Maestos e al temp onest, ingemma de frutt candii, lì present in tutt i fest, tant te se't gustos e fin, te se't sempr'el preferii, tant te se't sincer, genuin.
Faa de ròbba fresca, finna, ròbba scelta e de sostanza: zuccher, oeuv, butter, farinna, cedro e ughetta in abbondanza, te se'l dolz el pussee san, perchè fioeu del santo pan.

道地的 晚餐

　　塔書微微一笑：「那是古代米蘭方言，也叫meneghino！各位想試着翻譯一下嗎？我有幾位**朋友**來自Meneghina之家*，他們是專門研究米蘭歷史的專家，可以幫助各位啊！」

　　只見兩位老鼠來到我們跟前，和我們一起翻閱起書籍和字典，翻譯這份珍貴的資料。與其說這是一份菜譜，倒不如說是一首詩歌……啊，真是太令人振奮啦！

讓我們來翻譯看看！

*Meneghina之家：是一個專門推廣米蘭文化的協會。

潘娜托尼甜麵包
食譜

軟硬適中，奶香濃郁。
甜而不膩，老少皆宜。
無論貧富，平等對待。
隆重又親民，蜜餞是亮點。
如此美味可口，總是最受歡迎。
新鮮優質食材，經過千挑萬選：
白糖、牛油、麵粉、雞蛋
還有大量葡萄乾。
最健康的麵包，
非你莫屬！

接着，他們還告訴我們一些有關**古代米蘭方言**的秘密，教了班哲文和潘朵拉一些諺語，甚至還有一段有趣的繞口令：

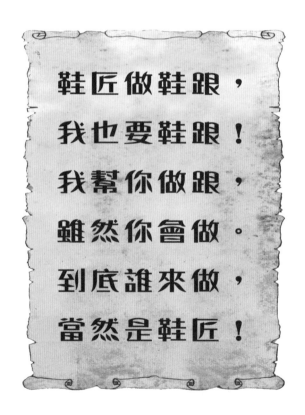

鞋匠做鞋跟，

我也要鞋跟！

我幫你做跟，

雖然你會做。

到底誰來做，

當然是鞋匠！

古代米蘭方言
小詞典

- ❦ **Barlafùs** 大笨蛋
- ❦ **Borlà giò** 摔落
- ❦ **Ch'el me scusa, lù el parla in milanes?**
  請問你會說米蘭方言嗎？
- ❦ **Che se le ciappa no: ghe pensi mì!** 別擔心，交給我！
- ❦ **Ciciarà** 聊天
- ❦ **Fa balà l'oeucc** 機靈點，別掉以輕心！
- ❦ **In cinch e tri vott** 立刻
- ❦ **Micchetta** 夾心麵包
- ❦ **Nagòtt** 什麼都沒有！
- ❦ **Offellee fa el to mestee**
  行行出狀元 (「offellee」是
  「糕點師」的意思)
- ❦ **Rebelòtt** 混亂
- ❦ **Schiscetta** 便當盒
- ❦ **Se l'è minga suppa l'è pan**
  bagnaa 半斤八兩

這全都是古代
米蘭方言！

真有趣呀！

再見啦，米蘭！

是時候回家了。我們在米蘭新認識的朋友們依依不捨地向我們告別。

塔書·博學鼠緊緊擁抱了我：「親愛的謝利連摩，如果你想再來，這裏隨時歡迎。你永遠都是米蘭的貴客！」

　　我也緊緊抱住了他：「**親愛的朋友**，我們一定會再見的……我會一直記得你，因為……**友誼**地久天長！再說，我可是達文西的狂熱研究者！這次都沒有親眼**看到**《**最後的晚餐**》，所以我一定會再來的！」

　　我又說：「很**高興**認識了你！我們都愛閱讀，都熱衷研究歷史……如果有空，一定要來老鼠島找我們！你永遠是我們的一分子！」

隨時再來！

再見啦！

就這樣，他一邊揮手，一邊騎着紅色的黃蜂牌電單車在我們的視線裏消失了，只剩下告別聲留在風中：

再見啦 啦 啦 再見啦啦啦啦！

與此同時，我不禁思考起來。

這次的米蘭之行，不知認識了多少**新朋友**！

發現了多少新鮮事……

嘖嘖嘖，還品嘗到了如此美味的潘娜托尼甜麵包！

還有還有，斯卡拉大劇院和斯福爾扎城堡是多麼**雄偉壯觀**！我們還去大教堂登頂了，俯瞰了整座城市！

它生生不息，總在尋找着新的挑戰、**激情**還有勇氣……啊，沒錯！

偉大的米蘭城啊！

各位親愛的鼠民朋友，你們曾到過**米蘭**嗎？要我說，你們一定會喜歡這座城市的……就像我一樣。啊不，應該說，就像整個史提頓大家庭一樣……

這可是謝利連摩說的！謝利連摩‧史提頓！

噴噴噴！

妙鼠城

老鼠島

《鼠民公報》大樓

1. 正門
2. 印刷部（印刷圖書和報紙的地方）
3. 會計部
4. 編輯部（編輯、美術設計和繪圖人員工作的地方）
5. 謝利連摩·史提頓的辦公室
6. 花園

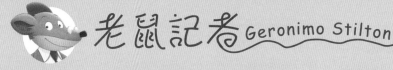

老鼠記者 Geronimo Stilton

與老鼠記者一起
歷奇探險走天下！

親愛的鼠迷朋友，
　　　　下次再見！

謝利連摩・史提頓

Geronimo Stilton

奇鼠歷險記

與謝利連摩一起展開
視覺及嗅覺並重的冒險之旅！

Geronimo Stilton

奇鼠歷險記 大長篇1
勇士回歸

2種味道的
歷險旅程

Geronimo Stilton

奇鼠歷險記 大長篇2
失落的魔戒

2種味道的
歷險旅程